LEKTÜRE HILFE

Hexen

Mona Chollet

Hexen

Mona Chollet

Verfasst von Amandine Farges
Übersetzt von Gerda Fischer

DER QUERLESER

MONA CHOLLET

SCHWEIZER AUTOR

- **Geboren 1973 in Genf**
- **Einige seiner Werke:**
  - *Verhängnisvolle Schönheit. Die neuen Gesichter der weiblichen Entfremdung* (2015), Essay
  - *In den eigenen vier Wänden. Eine Odyssee durch den häuslichen Raum* (2015), Essay
  - *Reinventing Love: How Patriarchy Sabotage Heterosexual Relationships* (2021), Essay

Mona Chollet wurde in Genf als Tochter eines Schweizer Vaters und einer ägyptischen Mutter geboren. Nach dem Studium der modernen Literatur besuchte sie die Journalistenschule in Lille. Derzeit ist sie Journalistin und Chefredakteurin bei Le Monde diplomatique. Außerdem betreibt sie gemeinsam mit Thomas Lemahieu die kulturkritische Website *Périphéries*.

Sie ist Autorin mehrerer Essays, die sich mit dem Status der Frau befassen, hauptsächlich durch die verschiedenen Ordnungen, aus denen Frauen gemacht werden: Schönheit, Mutterschaft, Partnerschaft usw.

Seit *Hexen (Sorcières)*. In der 2018 erschienenen Zeitschrift Undefeated *Power of Women* ist Mona Chollet eine der meistgelesenen Feministinnen Frankreichs.

2021 erscheint ihr mit Spannung erwarteter neuer Aufsatz *Reinventing Love: How Patriarchy Sabotages Heterosexual Relationships*. Er gewinnt den Essaypreis *Les Inrockuptibles*.

HEXEN

ESSAY ÜBER DIE FIGUR DER HEXE ALS FEMINISTISCHE IKONE

* **Genre:** Essay

* **Referenzausgabe:** *Sorcières (dt.: Hexen). La puissance invaincue des femmes*, Paris, Editions La Découverte Zones, 2018, 240 Seiten.

* **1. Auflage:** 2018.

* **Themen:** Feminismus, Patriarchat, Mutterschaft, Altersdiskriminierung, Paar, Ökofeminismus

Im September 2018 *erschien Sorcières bei Zones* und La Découverte. Die ungeschlagene Kraft der Frauen. In diesem Aufsatz zieht Mona Chollet eine Verbindung zwischen der Hexenjagd der Renaissance und den Manifestationen der Frauenfeindlichkeit gegenüber modernen „Hexen": der unabhängigen Frau, der kinderlosen Frau und der älteren Frau.

Mit einem historischen Ansatz und modernen Bezügen, auch aus der Popkultur, analysiert Mona Chollet, warum freie Frauen Angst machen und wie die patriarchalische Gesellschaft sie schon immer unterdrücken wollte. Denn es ist auch eine besondere Beziehung zur Welt, die von denen gepflegt wird, die Hexen ähneln. Indem sie sich von der menschlichen Ausbeutung der Natur abwenden, erfinden sie den Ökofeminismus.

Witches The Unconquered Power of Women ist ein Bestseller mit 270.000 verkauften Exemplaren und wurde in 15 Sprachen übersetzt. 2019 gewann er den Prix de l'essai Psychology-Fnac.

ZUSAMMENFASSUNG

Mona Chollet beginnt ihren Text mit der Erwähnung der Faszination, die die Hexenfigur als Kind auf sie ausübte und warum: „Sie hat mich auf die Idee gebracht, dass es eine zusätzliche Kraft sein könnte, eine Frau zu sein, während ich bis dahin ein diffuses Gefühl hatte, das eher darauf hindeutete das Gegenteil war der Fall" (S. 11).

Hexen im Wandel der Zeit

In dieser langen, 40-seitigen Einführung beschreibt der Autor die sogenannten Hexen im Laufe der Jahrhunderte, insbesondere die Hexenjagden, denen sie ausgesetzt waren. Während diese Jagden im kollektiven Unterbewusstsein im Mittelalter stattfanden, waren sie in Wirklichkeit die brutalsten und zahlreichsten (etwa eine Million Opfer) in der Renaissance. In dieser Zeit war Frauenfeindlichkeit weit verbreitet, und jede mächtige Frau, die nicht zu der Rolle passte, die die Gesellschaft ihr zuschreiben wollte, wurde verdächtigt, einen Dämon in sich zu beherbergen: „Einem Nachbarn zu antworten, laut zu sprechen, einen starken Charakter zu haben oder zu haben eine etwas zu freie Sexualität, in irgendeiner Weise ein Störenfried zu sein, reichte aus, um dich in Gefahr zu bringen" (S. 17). Um diese freien Frauen in die Schranken zu weisen, wird die Ausführung der ihnen zugefügten Folterungen erfunden.

Viel später, als sich Feministinnen in den 1970er Jahren mit diesen Missbräuchen auseinandersetzten, bezeichneten sie sich selbst als Enkelinnen von Hexen und machten sich den Wunsch nach Emanzipation und die Angriffe auf Hexen zu eigen. Die Sorge um die Umwelt und die Bedeutung, die dem Lebendigen beigemessen wird, beleben auch die Figur der Hexe als Teil einer Welt, die noch nicht von männlicher Rationalität und Produktivismus ausgebeutet wurde.

Mona Chollet nimmt die Figur der Hexe zum Gegenstand ihrer Überlegungen. Sie interessiert sich für die Frauen, die heute in unserer Gesellschaft an die Stelle dieser „von allen Beherrschungen und Beschränkungen befreiten Frau" (S. 11) treten. In den vier Teilen dieses Buches möchte die Essayistin die gesellschaftlichen und politischen Zwänge, die auf Frauen lasten, noch einmal aufgreifen und ihre Argumente mit Beispielen von Autorinnen veranschaulichen, die den Widerstand gegen diese Verbote verkörpern: Charaktere von Kämpferinnen gegen die Hindernisse, die noch im Weg stehen Art und Weise des Wunsches der Frauen nach Unabhängigkeit.

DIE UNABHÄNGIGKEIT VON FRAUEN WIRD ALS GEFAHR GESEHEN

Wenn zum Beispiel Witwen und Alleinstehende den Großteil der der Hexerei Angeklagten ausmachen, wird auch heute noch „der Unabhängigkeit der Frau, selbst wenn sie rechtlich möglich ist, mit allgemeiner Skepsis begegnet"(S. 35).

Tatsächlich scheint die Hexe der einzige weibliche Archetyp zu sein, der sich selbst definiert, ohne auf einen männlichen Partner zurückzugreifen. Von der Hexe von einst bis zur verspotteten Figur des „alten Katzenmädchens" von heute ist es nur ein winziger Schritt. Aber eine Frau, die sich nicht über einen dominanten Mann definiert, ist de facto eine starke Frau, wie die Koryphäe Gloria Steinem bewundernswert illustriert.

EINE FRAU IST NICHT UNBEDINGT EINE MUTTER

Andererseits basierte die Hexenjagd auf der Kriminalisierung von Verhütung und Abtreibung. Hexen wurden von allen als „Anti-Mütter" angesehen. Dieses Misstrauen spiegelt sich in dem Misstrauen oder sogar der allgemeinen Ablehnung wider, die kinderlose Frauen in unserer heutigen Gesellschaft hervorrufen. So werden diejenigen, die sich weigern, Kinder zu gebären, mit dem Vorurteil konfrontiert, dass sie Kinder hassen oder nur herzlose, egoistische Menschen seien, die Männern ohne Kinder niemals vorgeworfen werden.

Es ist so schwierig, dem Kinderwunsch zu widerstehen, dass einige Frauen nachgeben und unbewusst ihren tiefen Appetit unterdrücken, was zu Unzufriedenheit und sogar Leiden führt.

Das Tabu des Alterns von Frauen brechen

Die Hexenverfolgung hat auch ein negatives Bild von älteren Frauen tief in das Bewusstsein der Menschen eingebrannt. Dieses Bild spiegelt sich im Hass der Frauen auf weiße Haare wider und in der Tatsache, dass eine Frau „schlimmer altert als ein Mann". Sie spiegelt sich auch in der Verweigerung des weiblichen Sexuallebens ab einem bestimmten Alter wider.

Besonders gefürchtet war damals die Sexualität älterer Frauen. Da sie kein legitimes Recht mehr auf ein Sexualleben hatten, keine Kinder mehr gebären konnten und manchmal Witwen, aber erfahren und immer noch begehrenswert waren, erschienen sie als unmoralische und gefährliche Gestalten für die soziale Ordnung. (S. 166)

Viele Autorinnen haben berichtet, wie schwierig es ist, eine ältere Frau in der heutigen Gesellschaft zu sein, in der sie nicht als vollwertiges Mitglied angesehen wird. Wenn ein Mann älter wird, ist das okay. Im Gegenteil, er gewinnt an Reife, Erfahrung und sogar Charme. Man sagt, eine Frau werde älter und verliere ihre Attraktivität. Dass auch sie sich Fachwissen aneignen kann, wendet sich gegen sie, denn was an einer Frau geschätzt wird, ist nie ihre Macht oder Unabhängigkeit, sondern ihre Schönheit und Zerbrechlichkeit, die ein männlicher Partner schützen kann.

Eine ältere Frau, die sich ihrer Wünsche sicher ist, wird oft als „Harpyie" bezeichnet.

Feminismus als neues Verhältnis zur Welt

Abschließend beleuchtet Mona Chollet, dass Hexereiverdacht in erster Linie gegen „Heiler" und andere Frauen gerichtet war, die die Natur nutzten, um ihre Mitmenschen zu heilen. Sobald der Mann mit seiner „Rationalität" die Natur nach seinen Bedürfnissen unterwerfen wollte, wurde jede Frau, deren Beziehung zur Welt nicht auf der Ausbeutung ihres Reichtums beruhte, zur Hexe. „Dies führte zu einer arroganten Wissenschaft, genährt von der Verachtung des Weiblichen, verbunden mit dem Irrationalen, dem Sentimentalen, der Hysterie und einer zu beherrschenden Natur" (S. 37).

Diese männliche Positionierung führt auch zu intellektueller Unsicherheit bei Frauen, die immer auf Emotionen, Sensibilität oder sogar bloße Affekte verwiesen werden.

Auch in der Medizin herrschte männliche Dominanz, was zu gewissen Missbräuchen führte, insbesondere in der Gynäkologie für Patientinnen, die immer im Verdacht standen, „abschweifend, übertreibend, ignorant, emotional, irrational zu sein" (S. 202).). Mona Chollet schließt ihren Text mit einer langen Liste von Gewalttaten, die Frauen durch Medikamente zugefügt werden.

BELEUCHTUNG

Eemona Chollet zeigt in ihrem Buch, dass die Kriterien, die dazu führten, dass eine Frau zwischen dem 15. und 17. Jahrhundert als Hexe verbrannt wurde, auch heute noch gültig sind. Sie untersucht die reaktionären Kräfte, die vor fünf Jahrhunderten am Werk waren, und beleuchtet die reaktionären Kräfte von heute, um aktuelle und zukünftige feministische Kämpfe zu inspirieren. „Zittern, die Hexen kommen zurück" war ein feministischer Slogan aus den 1970er Jahren. Das fordert auch Mona Chollet in ihrem Essay.

Der Autor geht zunächst auf die Hexenjagd als Ausdruck von Frauenfeindlichkeit ein und erklärt, dass zwischen dem 15. und 17. Jahrhundert in Europa tausende Bücherregale in Brand gesteckt wurden, um die als Hexen geltenden zu vernichten. Laut Statistik waren 80% der Opfer Frauen, meist ältere Frauen. Und obwohl einige Männer auch der Hexerei beschuldigt wurden, waren die überwältigende Mehrheit Frauen, die verfolgt und unmenschlich gefoltert wurden, nur weil sie zurückgezogen lebten, keine Kinder bekamen oder nicht in die Kirche gingen. Frauenfeindlichkeit war also der Hauptgrund für diese schrecklichen Verfolgungen

Und der Hass auf das Weibliche ist in der Tat seit Jahrhunderten in Europa weit verbreitet und hat erfolgreich den Weg für die in der Renaissance entfesselten Hexenjagden geebnet. Religion, Wissenschaft und Gerechtigkeit verbündeten sich, um eine Frau in einen Dämon zu verwandeln, der vernichtet werden musste.

Da sie den weiblichen Körper mit einer Versuchung oder gar Gefahr für den Mann gleichsetzten, wiesen Priester und Ärzte den Weg zum Scheiterhaufen.

Auch in der Kunst gab es zahlreiche Beispiele für Frauenverachtung, insbesondere für die ältere Frau, die vor allem in der Barockdichtung oft als Dämon angesehen wurde. So richtete Pierre Ronsard 1550 in seinem Gedicht Contre Denise sorcière eine Litanei von Beleidigungen an eine ältere Frau, die der Hexerei verdächtigt (und nackt ausgepeitscht) wurde.

Also laufen alle Kräfte zusammen, um zu erklären, dass Frauen böse sind.

In der Dokumentation der Geschichte dieser „Hexenjagden" macht Mona Chollet deutlich, wie die Männer versuchten, „jeder hervorstehenden Frau den Kopf abzuschlagen" (S. 17) und jede Versuchung zur Unabhängigkeit zu zerschlagen. Frauen haben Angst, wenn sie sich ihren Ehemännern nicht unterwerfen und ihr Leben nicht für ihre Kinder opfern.

Wer diesen Aufforderungen nicht nachkomme, sei verdächtig, sagen die Männer. Mona Chollet entgegnet, wer diesen Forderungen nicht nachkomme, sei Feministin. Auch wenn die Bücherverbrennung nicht mehr aktuell ist, gibt es immer noch Stigmatisierung und Gewalt gegen Frauen, die die Autorin in ihrem Essay anprangern will, der im Zentrum feministischer Überlegungen steht. Die Autorin porträtiert Frauen, die keinem Mann untergeordnet sind, sondern autonom leben, fernab der

Normen, die ihrem Geschlecht auferlegt werden. Sie mögen Hexen sein, aber sie sind Feministinnen.

Die erste Feministin, die sich mit der Geschichte der Hexerei beschäftigte und den Namen selbst beanspruchte, war Matilda Joslyn Gage. Die Amerikaner (geboren 1826, gestorben 1898) setzten sich für das Frauenwahlrecht ein und setzten die Linie der „Hexen" fort, die nicht mehr und nicht weniger als unabhängige Frauen waren, die ihre volle Autonomie wollten und dafür kämpften. Matilda Joslyn Gage schrieb in Frau, Kirche und Staat: „Wenn man ‚Frauen' anstelle von ‚Hexen' liest, gewinnt man ein besseres Verständnis für die Gräueltaten, die diesem Teil der Menschheit von der Kirche zugefügt werden."

Mona Chollet stellt jedoch fest, dass zeitgenössische Feministinnen sich eher als „Hexen" bezeichnen als ihre Vorgänger. Es hat nämlich einige Zeit gedauert, sich von den „negativen Bildern zu lösen, die weiterhin bestenfalls Zensur, Selbstzensur und Behinderung und schlimmstenfalls Feindseligkeit und sogar Gewalt erzeugen" (S. 34).

Begonnen hat dies in den 1970er Jahren mit der Gründung der Zeitschrift „Sorcières", doch erst heute hat sich die Frauenbewegung dieses Wortes angenommen und die Hexe zu einer wahren Ikone gemacht. Es gibt keine feministische Demonstration ohne ein Schild mit der Aufschrift „Wir sind die Enkelinnen der Hexen, die man nicht verbrennen kann" und kein Artikel, der sich nicht auf diese Figur bezieht. Frauen scheinen also in der Hexe genug Kraft zu finden, um sich selbst zu akzeptieren, denn wie die Feministin Thérèse Clerc 2009 sagte: „To be a witch is to be subversive to the law. It is to invent the other law" (S. 171) .

Mona Chollet erklärt in ihrem Essay Sorcières (Hexen), wie die Hexe, das ewige Opfer der männlichen Sittenordnung, zu einer Ikone des Feminismus wurde und sich damit auch an dieser Bewegung beteiligte. Tatsächlich wurde sie mit dieser Arbeit zu einer der meistgelesenen Feministinnen/Hexen in Frankreich.

SCHLÜSSEL EINLESEN

HEXENFIGUREN

Die alleinstehende Frau

Die meisten Frauen, die als Hexen verbrannt wurden, waren unverheiratet, weil die Menschen Angst vor diesen Frauen hatten, deren Macht nicht von einem Mann um sie herum ausging. Die Hexe definiert sich weder über ihren Mann noch über ihre Kinder. In der heutigen Zeit ist diese autonome Macht immer noch beängstigend. Man versucht, die Angst auf die Frauen selbst zu lenken, indem man ihnen schon früh eintrichtert, dass sie allein und leider ohne Ehe leben müssen. Autonomie bedeutet nicht das Fehlen von Bindungen, sondern die Fähigkeit, die gewünschte Beziehung zu wählen.

Das heilige Monster des Feminismus, Gloria Steinem, ist das Paradebeispiel einer unabhängigen Frau, die ein erfülltes Leben geführt hat: Schreiben, Reisen, Liebe und Aktivismus. Sie hat nichts aufgegeben. Newsweek berichtete 1973 über sie und stellte fest, dass „es möglich ist, gleichzeitig Single und ganz zu sein" (S. 45). Die Feministin war übrigens Mitbegründerin des monatlich erscheinenden Ms Magazine, das den Titel Ms. im Titel trägt. Diese Erfindung von 1961 markiert den Familienstand der Person, die sie bezeichnet. In Frankreich wird die überholte (und reaktionäre) «Mademoiselle» erst im 21. Jahrhundert in Frage gestellt.

Die kinderlose Frau

Unter den Frauen, die während der Renaissance auf dem Scheiterhaufen verbrannt wurden, waren viele Heiler, die Schwangerschaften verhinderten oder beendeten. Vom Vorwurf, Kinder sterben zu lassen, bis zum Vorwurf, keine Kinder zu wollen, ist es nur ein kleiner Schritt: „Diejenigen, die die Mutterschaft ablehnen, werden auch mit dem Vorurteil konfrontiert, dass sie Kinder hassen, wie die Hexen, die beim Verschlingen kleiner gebratener Körper am Sabbat starben , oder den Nachbarssohn mit einem tödlichen Fluch belegen" (S. 110). Hier hinterfragt Mona Chollet das Verhältnis der Gesellschaft zur Geburtenrate und die Schande über diejenigen, die sich weigern, Kinder zu gebären.

Die Autorin stellt jedoch fest, dass die Kinderlosigkeit ein ganzes Leben voller Chancen bieten kann: „sich selbst gebären, anstatt das Leben weiterzugeben; eine weibliche Identität erfinden, die die Mutterschaft überflüssig macht" (S. 85).

Frauen ohne Kinderwunsch stellen eine Gefahr für die Gesellschaft dar, da sie sich von den auf Frauen lastenden Anordnungen befreien. Sie brechen den Fortpflanzungszwang und verkünden durch ihre bloße Existenz: „Ein anderes Leben als Frau ist möglich".

Um diese Lebensentscheidung zu veranschaulichen, nimmt sich Mona Chollet selbst als Beispiel: „In meiner Logik ermöglicht das Nicht-Weitergeben des Lebens, es in vollen Zügen zu genießen. […] Diese Einstellung macht mich zu einer peinlichen Quasi-Ausnahme auf der Welt Gesellschaft, in der ich lebe. In Frankreich sagen nur 4,3 % der Frauen und 6,3 % der Männer, dass sie keine Kinder wollen" (S. 96). Wer nicht Vater wird, gefährdet natürlich nicht sich selbst, sondern die Gesellschaft, die er mitgestaltet.

Dann fährt der Essayist fort und spricht über das, was geheim bleiben muss, nämlich die schwerste aller Übertretungen, die eine Frau mehr als alles andere zu einem Monster machen: das Bedauern mancher, Kinder zu haben.

Die alte Frau

Wie sieht die Hexe in unserer Vorstellung aus? Sie hat lange graue Haare, buschige Augenbrauen, eine Warze auf der Nase und hat junge, frische und schöne Prinzessinnen im Visier. Mit einem Wort: Die Hexe ist alt.

Und das hat unsere Gesellschaft, die den Jugendkult auf die Spitze treibt, sehr wohl verstanden. Frauen müssen sich „dieser absurden Herausforderung stellen: so zu tun, als würde die Zeit nicht vergehen, und deshalb aussehen, was unsere Gesellschaft für die einzig akzeptable Form einer Frau über dreißig hält: wie ein lebendig einbalsamiertes Mädchen" (S. 147).

Und wehe den anderen, das zeigt sich zum Beispiel, wehe den anderen, durch das Unverständnis und die Ablehnung, mit denen die Weißen zu kämpfen haben, eine Erfahrung, die Sophie Fontanel in Eine Erscheinung beschreibt. Auch hier gibt es kein männliches Pendant.

Wer würde denken, dass George Clooneys ergrauendes Haar unangemessen war? Weil das Ergrauen der Haare Erfahrung widerspiegelt, die bei Männern geschätzt und bei Frauen bedroht wird.

Auch wenn die Erfahrung älterer Frauen beängstigend ist, wird ihre Sexualität völlig geleugnet. Mona Chollet illustriert ihre Aussage, indem sie mehrere Filme zitiert, die transgressiv erscheinen, nur weil sie die Sexualität von Frauen über 50 in den Vordergrund stellen: A Free Woman, Aurore und The Art of Aging.

HEXEN, EINE STIMME ZUR STÄRKUNG

Empowerment oder Handlungsfähigkeit ist ein Begriff, der verwendet wird, um Handlungsfähigkeit zu beschreiben, die durch Selbstwertgefühl und kollektives Engagement vermittelt wird.

Im Titel des Buches: *Sorcières, la puissance invaincue des femmes (Hexen, die ungeschlagene Macht der Frauen)* betont Mona Chollet die Machtfrage. Ihr Text zielt darauf ab, ein Porträt moderner Hexen zu zeichnen, d. H. von Frauen, die sich selbst verwirklichen und nicht durch andere und vor allem nicht durch Männer. Der Charakter der Hexe wandelt sich von einer Ausgestoßenen zu einer Kämpferin. Sie spricht sich aus, gewinnt die Kontrolle über ihren Körper und ihr Leben zurück.

Indem sie sich den Charakter der Hexe wieder aneignet, lädt die Autorin Frauen ein, sich von Objekt zu Subjekt zu bewegen, und stärkt sie mit der Macht, die sie aus den mächtigen Frauen vor ihr gezogen hat.

„Ich erkenne die elektrisierende Bedeutung von Identifikationsmodellen an", heißt es auf Seite 39. Gloria Steinheim, Sophie Fontanel, Pam Houston, Corinne Maier, Barbara MacDonald, Thérèse Clerc all diese starken Figuren, all diese Typen, im Einklang mit sich selbst zu leben, all diese offenen Wege und Möglichkeiten, die zukünftigen Frauen geboten werden. Jede Hexe ist „ein anzustrebendes Ideal; sie weist den Weg" (S. 11), den Weg einer Frau, die möglicherweise zusätzliche Macht besitzt.

Indem sie in diesem Aufsatz in der ersten Person spricht und sich bei vielen Gelegenheiten auf ihr persönliches Leben bezieht – als „Hexe" will Mona Chollet keine Kinder; Mona Chollet hat als „Hexe" weiße Haare – die Autorin wiederum wird zur Identifikationsfigur, zur Kraftquelle.

Und was für ein Glück, Mona Chollet war mit *Sorcières verheiratet. Die unbesiegte Macht der Frauen*, die meistgelesene französische Feministin. Ihr 2018 erschienener Aufsatz begleitete übrigens die dritte feministische Welle und die Befreiung des Wortes der Frau, die mit der #metoo-Bewegung explodierte.

Dabei beschränkt sich die Autorin nicht auf Zauberei und persönliche Entwicklungsberatung, auf die manch einer die Figur der Hexe reduzieren möchte, sondern plädiert für echtes politisches *Empowerment*: Die Hexe wird zum Träger des Mutes und des Willens, sich in einer Männerwelt durchzusetzen und sogar „auf den Kopf gestellt", wie der letzte Teil des Textes andeutet.

AUF DEM WEG ZUM ÖKOFEMINISMUS

👁 ÖKOFEMINISMUS

Die feministische Schriftstellerin Françoise d'Eaubonne verwendete den Begriff erstmals 1974 in ihrem Buch *Le Féminisme ou la mort* (Feminismus oder Tod). Diese Wortschöpfung verdeutlicht, dass Umweltzerstörung und Frauenunterdrückung auf demselben Gewalt- und Herrschaftssystem beruhen, weil der Kapitalismus nur durch Ausbeutung der natürlichen Ressourcen und der dafür eingesetzten Arbeitskräfte existieren kann.

Obwohl es schwierig ist, die ersten Manifestationen des Ökofeminismus zu datieren, kann man davon ausgehen, dass die Pioniere auf diesem Gebiet die ersten Opfer dieses Herrschaftssystems waren, nämlich arme farbige Frauen, die sich gegen das auflehnten, was ihr Land zerstörte: die übermäßige Industrialisierung und intensive Landwirtschaft und Tierhaltung. Ökofeminismus ist also eine Querschnittsbewegung.

In Frankreich wurde diese Bewegung 2021 von der grünen Vorwahlkandidatin Sandrine Rousseau wieder ins Rampenlicht gerückt, die sich selbst als Ökofeministin bezeichnete und den Klimawandel und die Ungleichheit zwischen Frauen und Männern bekämpfen wollte.

Neben Frauen ohne Mann, Frauen ohne Kinder und älteren Frauen, die als Hexen verbrannt wurden, gab es auch viele Heilerinnen. Mona Chollet erklärt in ihrem Essay, dass die „Maschine zur Erschaffung des neuen Mannes", in den Worten von Guy Bechtel, auch eine „Maschine zur Tötung der alten Frauen" war.

Mit dem cartesianischen Diskurs des 17. Jahrhunderts entstand eine arrogante, rationale und allmächtige Wissenschaft, die den Eroberungsgeist der Menschen begleitete. Sie sprach das Todesurteil für die Heiler aus, die damals oft kompetenter waren als die Amtsärzte.

Von da an wurde die Medizin zu einer Männerdisziplin, die nicht frei von Frauenfeindlichkeit ist, die sie bis heute trägt: In der Behandlung konzentrieren sich bis heute alle Aspekte der Wissenschaft, die während der Hexenjagd entstanden sind. Der aggressive Eroberungsgeist und Hass auf Frauen; der Glaube an die Allmacht der Wissenschaft und derer, die sie praktizieren, sondern die Trennung von Körper und Geist und kalte, aller Emotionen entkleidete Rationalität" (S. 197).

Und wenn Sie weiter über diese Domestizierung der Natur nachdenken, sagt Mona Chollet, dass dies mit der Versklavung von Frauen geschah, die beide notwendig waren, um den Kapitalismus zu etablieren.

Frauen und die Natur in ihrem natürlichen Zustand galten als gefährlich. Daher war es angemessen, sie zur Arbeit zu bringen, wobei der eine seine natürlichen Ressourcen und der andere sie als Arbeitskräfte nutzte.

Die Autorin zitiert die ökofeministische Philosophin Carolyn Merchant, die schreibt: „Die Hexe, ein Symbol

für die Gewalt der Natur, entfesselte Stürme, verur-
sachte Krankheiten, zerstörte Ernten, verhinderte die
Fortpflanzung und tötete kleine Kinder die chaotische
Natur unter Kontrolle" (S. 191).

Ökofeministinnen wollen also einen dämonisierten und
jahrhundertelang benutzten Körper zurückerobern.
Naturverbunden, ohne die Natur als Vorwand zu benut-
zen, um ihnen ein Schicksal oder normiertes Verhalten
wie Mutterschaft oder Heterosexualität aufzuzwingen,
scheinen Ökofeministinnen die stolzen Nachkommen
von Hexen zu sein!

STOFFE ZUM DENKEN

EINIGE FRAGEN, UM IHRE ÜBERLEGUNG ZU VERTIEFERN

- Mona Chollet veröffentlichte 2021 *Réinventer l'amour (Die Liebe neu erfinden). Wie das Patriarchat heterosexuelle Beziehungen sabotiert.* Glauben Sie, dass dieses Thema bereits in *Sorcières* vorhanden war?

- Glauben Sie, dass alle Feministinnen den Begriff „Hexe" für sich beanspruchen? Welche Gründe könnten für eine Ablehnung sprechen?

- Mona Chollet verbindet in ihrem Buch *Sorcières* Feminismus und Ökologie. Ist das für Sie relevant und warum?

- Wenn Ronsard in seinem Gedicht Contre Denise sorcière ein düsteres Bild der älteren Frau zeichnet, kennen Sie andere barocke Gedichte, die dagegen der älteren Frau schmeicheln?

- Mona Chollet erklärt auf Seite 35: „Die Selbständigkeit von Frauen, auch wenn sie rechtlich und materiell möglich ist, stößt weiterhin auf weit verbreitete Skepsis". Stimmen Sie dieser Aussage zu?

- Chloé Delaume veröffentlichte 2016 *Les Sorcières de la République (Die Hexen der Republik).* Sind ihre Hexen die Nachfolger derer, die in der Renaissance auf dem Scheiterhaufen verbrannten?

- Der Begriff „Hexenjagd" wurde im Laufe der Geschichte auch verwendet, um sich auf andere Verfolgungen zu beziehen: Kommunisten, Homosexuelle usw. Die „Hexenjagd" ist eine der größten Verfolgungen in der Geschichte der Menschheit. Welche Standardmerkmale sehen Sie zwischen diesen verschiedenen Verfolgungen?

- Hexenfiguren sind in der Popkultur reichlich vorhanden (Musik, Film, Literatur usw.). Nennen Sie diejenigen, die Ihrer Meinung nach der Definition von Mona Chollet in ihrem Aufsatz entsprechen.

WEITER GEHEN

REFERENZAUSGABE

CHOLLET M., *Sorcières (Hexen). La puissance invaincue des femmes* (Die unbesiegte Macht der Frauen), Paris, Zones, La Découverte, 2018.

REFERENZSTUDIEN

BECHTEL G., *La Sorcière et l'Occident* (Die Hexe und der Westen), Paris, Plön, 1997.

D'EUBONNE F., *Le Sexocide des sorcières* (Der Hexenmord), Paris, L'Esprit frappeur, 1999.

DREURE E., « *Mona Chollet, Sorcières. La puissance invaincue des femmes* » (Die unbesiegte Macht der Frauen), Cahiers d'histoire. Revue d'histoire critique [Online], http://journals.openedition.org/chrhc/10208.

MICHELET J., *La Sorcière* (Die Hexe), Paris, Flammarion, 1966.

Deine Meinung ist uns wichtig!
Hinterlasse doch einen Kommentar auf der Seite
unserer Online-Buchhandlung
und teile Deine Favoriten in den sozialen Netzwerken!

derQuerleser.de

Literatur auf den Punkt gebracht!

ISBN digitale Ausgabe: 9782808686990
ISBN gedruckte Ausgabe: 9782808698399
Pflichtexemplar: D/2023/12603/1119

Cover: © Plurilingua
Logo: © Graphicrepublic (Freepik.com) und Plurilingua

Digitale Aufbereitung: Primento, der digitale Partner der Herausgeber.